JN147162

ナイトフライト
NIGHT FLIGHT

伊波真人
Masato Inami

書肆侃侃房

ナイトフライト

目次

装画　永井 博
アートディレクション・題字　伊波 真人

I

冬の星図

夜の底映したような静けさをたたえて冬のプールは眠る

まちあかり避けて山へと向かうとき車は星のみぞおちをゆく

「惑星を発見したい」と抱きあげる望遠鏡の長さは遠さ

三脚は新種のけもの芝のうえ三つのあしを下ろしゆくとき

指先に神を宿しているように星座早見の文字盤まわす

古井戸の底の地面を覗くよう望遠鏡を覗きこむひと

うさぎ座の淡いひかりを見つめつつ人のからだは端から冷える

羊飼い誕生ののち何度目の夜明けだろうか　地平線まで

寝袋で浅いねむりにつく君の瞼は星のかけらをふくむ

触れたくて触れられなくて朝に舞う埃の束をずっと見ていた

星々のひかりにも似て首すじの筋肉痛はおくれて届く

踊り場に落ちた窓枠の影を踏む平均台をゆく足取りで

はじめから食べるつもりはないけれどイチョウ並木に銀杏拾う

日陰から日陰に移る束の間に君のからだは日時計になる

南極星もたないことのたのしさにミシンは針をあそばせている

洗い場に水を落とせば浮きあがる水のからだの確かな臍部

いつか海に還る氷のひと粒が製氷皿でかすかに光る

幼い日「水族館」と呼んでいた生け簀の鯛は何匹目だろう

ロケットが星から星へ飛ぶように回覧板はノブからノブへ

ちり紙は二枚でひとつ　左手と右手を合わせふたりは眠る

薄明にしろいひかりを撒きながら地軸をまわす空の歯車

まっさらなシャツをはじめて着るように土曜の朝を大事に過ごす

てのひらのカーブに卵当てるとき月の公転軌道を思う

消滅の予感に満ちてあかあかとベテルギウスは光を放つ

画用紙に表と裏があるように心にもあるざらついた面

君からの留守番電話きくときに受話器は地軸のかたむきをもつ

青春の語源を思う　プレアデス星団に散るあおい星々

流星のごとくに銀の尾を引いてスプーンは手から床へと落ちる

生きるとは死へ向かうこと　薄明は部屋を青へと染め上げていく

月までは行けないことは知っているそれでも強く自転車を漕ぐ

自転車のヘッドライトの光線は闇から闇へ渡す架け橋

日めくりを日、月、火と捲るたび太陽系を遠ざかりゆく

日食は白いリングでしめされて果たせなかった約束がある

改札で遅延放送きいているスピーカーのある位置を見上げて

どこへでもつながってると知ってから線路を星を見るように見る

終点は始点に変わり銀色の電車の窓は夜気をはじいて

真夜中のカーディーラーの展示車は何の罪だかその身をさらし

この星がショーケースなら電柱は街を留めおく標本の針

電柱の芯は空洞　折れやすい心を抱え夜更けを渡る

指先で宙に星座を描いてももうきこえない楽章がある

思い出は重なりあって層をなすイチョウ並木の落葉にも似て

傘の柄のかたちの街灯つらねては雨の気配に満ちる国道

花束が置かれていれば十字路は十字架よりも黒くかがやく

区切りとし人はたばねるものなのかたとえば雨傘、カーテン、花束

雨つぶが道一面を染め上げて宇宙は泡のようにひろがる

春の印画紙

フレームに切り落とされた夕映えが負けじと燃える夜の暗室

写真科の実習棟の窓辺から陽が差し僕ら感光してる

借りものの衣装を脱いでポラロイド色づくまでを日向に遊ぶ

シャッターを押すの見たことないけれど君のニコンは首飾りかい

栈橋の夏の光よオレンジのライフジャケットいくつも揺れる

僕たちはパズルのピース面積の半分ほどがベッドの部屋で

切り売りのケーキを皿にうつすよう揺れる心で夜を越えれば

電線がひかりを弾き朝はきて天才たちはいつも早死に

ワンルームアパートほどのスタジオに新婚夫婦のように向き合う

「撮影は英語で shoot」と君は言うカメラは時に武器になりうる

この夏の予定をすべてあきらめて海のにおいの暗室にいる

印画紙を水からそっと引き上げる　たしかあの日も雨が降ってた

秒針がこわれたままで動いてる時計のような時間はあって

二つめの心臓のよう胸に抱くポートフォリオに西日が刺さる

夜出した手紙はポストの底にあり夜明けを思う　集荷は十時

暗闇でつかんだキーの冷たさよ夜のにおいは君に似ている

もう君に会うことはない　ゴダールのフィルムのなかの遠い街角

春先の光のなかで手巻き式時計の針は息をひそめて

坂道の中程にあるあの部屋を僕のちいさな夢の墓標に

フェルメールの絵画のように斜めからホームレスらを光が照らす

折り鶴を一羽取り出し広げては紙飛行機をつくる雨の日

六月のやさしい雨よ恋人のいる人が持つ雨傘の赤

日常にゆっくり変わっていく日々を快速列車の窓越しに見る

夢のあらすじ

カチンコの音が響けば風景はフレームという輪郭を得る

ヒロインは「シ」の発音が上手くない　ヒチューの鍋は煮立ちつづける

金色（こんじき）の指輪を抜けて節くれは火の輪くぐりの獣のようで

きのうからつけっぱなしの電灯が夜のほとりで朝を見ている

朝の陽に霞むあなたが夢で見たフェリー乗り場のようにゆらめく

おたがいを語り尽くした僕たちが寝起きにはなす夢のあらすじ

雲のない都心の空が映される暗いニュースとニュースのあいだに

暗号を宿すかと問う0時過ぎまだなお灯るオフィスの窓に

二十五時すなわち一時世界から切り離された空間がある

三月の深夜ラジオのＤＪの「またどこかで」は別れの言葉

ロケバスの窓から見ればあらすじのように景色は省略される

ロケーション使用許可書を提示する　世界は誰の持ちものなのか

てのひらがもしも地図なら僕たちは感情線でときどき迷う

ヒロインは暗転ののち蓄光のバミテのつくる星座のなかに

パスポート載せた四駆が右手から追い越していく朝のハイウェイ
東名はどこか寂しい響きだね　別れに向かい僕らは走る

標識の裏側を見せ僕の住む街の景色が流れ去りゆく

どこにでも生活はある　いくつものインターチェンジ通り過ぎゆく

沈黙をかさねて走るシナリオの台詞を「……（てん）」で埋めゆくように

家じゅうの時計の電池がいっせいになくなるときのような幕切れ

失った季節はとおい　融点を超えるとチョコはかたちをなくす

季節には権利はなくて私有地にならぶ桜のはなびらが散る

II

あかりヶ丘ニュータウン

電線は白紙の譜面（スコア）　郊外の町の通りはいつも静かだ

猫よけのペットボトルは人間の一日分の水を満たして

父ひとり母ひとり赤ちゃんひとりモデルルームの透視図のなか

公園で子どもの声がしたけれど覗いてみれば誰もいなくて

きまぐれに盗まれていく自転車の車輪の上を滑る精霊

ショッピングモールは町のなかの町　案内板に地図をかかげて

千年後日本であまた出土するイオンモールという名の遺跡

マンションの窓に明かりがともりだしみんな家庭という庭を持つ

エレベーターの一階ボタンくすんでる　僕らは羽を持たないゆえに

この町とよく磨かれた床板はとても似ているようだ　踊れよ

衛星都市の夜

マンションで飼われる犬が吠え出せばそこから町の夜がはじまる

左から光の線が伸びてきてすこし遅れて電車とわかる

オリオンの由来を習い見上げれば眠れぬ夜のこころを巡る

知らぬ間に大人になった僕たちは二段ベッドで指をからめて

口内炎舌で辿ってくちびるの上の月面探査計画

昼間には人影のない町のこと電柱だけが見つづけてきた

水鳥が水を選んで飛ぶようにトラックの群れ国道をゆく

押しボタン式信号のボタン押す束の間のみに神さまになる

そのむかし沼だったという空き地からアワダチソウが溢れだしそう

報知器の赤いランプが心拍を刻みつづける夜の学校

教科書に挟んだままの押し花も息をするほど夜は深くて

人がみな寝息を立てる夜のなか光合成の速度をおもう

E.T.のフィナーレのよう二階建て駐輪場に浮かぶ自転車

まどろみに耳をひらけばパトカーのサイレンだけが町を縁取る

あかつきの郵便受けの暗がりは祈りのようなしずけさを持つ

白い家つらなり町はひろがって宛先のない葉書のようだ

マンホールへだてて水の音がする　町はどこへと続くのだろう

ロードサイド・ビューティー

過去なんか問わないはずのこの街で「以上でよろしかったでしょうか」

すれ違う車のおとは波のおと夜のShellへと打ち寄せていく

She sells seashells on the seashore　ガソリンまみれの両手を開き

書店員バイトの君が響かせる声優志望とわかる掛け声

寝つけない子供のような面持ちでシャッターを持つコンビニがある

サンタ帽かぶって君はケーキ売る　サンタクロースは伝説の人

着ぐるみの袖から覗く手首にはレディースものの時計が光る

その場所はあたたかいかい　社員用通用口にたくさんの猫

空の目

眼鏡屋で視力検査のとき見える気球の浮かぶ場所に行きたい

空の目はそこにあるのか愛眼のメガネの看板中空（なかぞら）にあり

退屈な映画を観つつまどろめば夢の終わりにスタッフロールが

雨降りの住宅街の悲しみはおもちゃの奏でるむすんでひらいて

星じゅうで新聞ひらく音がする東の空が明けていくころ

スローカーブ

川底で光るジュースの空き缶は魚の夢を抱いて眠る

つぎに来る言葉は何だ　玉砂利の感触残る足の裏側

空の下キーホルダーの人形がとれたチェーンが揺れつづけてる

土手に咲くシロツメクサがゆれたとき夕立のよう既視感が降る

どうしてもうまくいかない水切りのスローカーブに浮かぶさよなら

まだ赤い地平を纏い自転車はまぼろしのよう彼岸に消える

Ⅲ

常夜灯

かさぶたを剝がした跡がしみはじめ夜は鋭い断面を持つ

空き缶をいくつも飾り自販機は夜の路地裏明るく照らす

考えに深くしずむ夜(よ)海底でみた陽のように浮く常夜灯

公転の座標をなぞるしずけさで羽虫は明かりのまわりを巡る

得たものと失ったもの　星残る空の裾からのぞく朝焼け

星々の消えゆく朝にクレーンは少しかたむく虚空を指して

ナイトフライト

真夜中の展望台から見渡せば光るところに人たちはいる

東京の空には星は見えないがミシュランガイドの星を数えて

街は夜　東京タワーは0時指し止まったままの時計の針だ

暗闇のむこうにいくつも窓がある水族館をそろりと歩む

橋の名の駅をいくつもつなげては水を夢見る東京メトロ

日常にしずんで雨の東京は傘と傘とをぶつけるところ

真夜中の鼓動のように旅客機が空へと放つ赤い点滅
くちびるの縁から逸れた錠剤は星になったということにする

残業のつづいた夜はエビアンのラベルの山に雪解けを見る

テイクオフ・アンド・ランディング

離陸時の重力に目をとじてみる宇宙旅行という設定で

イヤホンを君と分けあい片耳の Earth, Wind & Fire

音楽はアナウンスにてかき消され機長は高度をフィートで告げる

機内誌の旅エッセイはできたてのムースの泡のような筆致で

夏に浮かぶ

土地の子はきれいに泳ぐ岬まで積乱雲の満ちる真下で

とりたてのダイビングの認定証が夏への切符のようにかがやく

海鳥に取り囲まれて真向かえば私のなかに満ちてくる海

この島でうまれたような顔をして君は毛先を風に委ねる

神々の塗り絵のような原色の魚の群れが頭上を越える

海底にたゆたう音は人類のしらない星の音楽に似て

空気量たしかめるとき人間が人間であることはさみしい

人界に還る儀式として潮の香りの肌を真水で洗う

潮風に朽ちてしまった風見鶏記憶のなかで回り続けろ

夜とサイダー

ダイバーの吐き出す息がサイダーの泡のひとつとして湧きあがる

水差しの結露を汗とするならばすべてのものに夏は来ている

真夜中のプールの水にくちづけを水中眼鏡に夜を灯して

Tシャツのかたちの肌の日焼け跡ことしの夏を転写している

たぶんもう海なんだろう側道のフェンスの切れ目がときどき光る

海岸に借りた車を停まらせてポップソングになれない僕ら

夜が明けるまえの青さを見つめつつ僕らは単語だけで話した

長針と短針糸でくくりつけ九月の海にしずめてしまえ

サイダーの泡を残してこの夏は人魚のように消え去ってゆく

シェルター・イン・ザ・レイン

モータウン・ソウルの歌詞の対訳のような言葉で愛をつたえる

書きかけの手紙を机に広げればそこだけ凪いだ渚のようで

結露したコップの底が読みかけの文庫の上に降らす俄雨

徳用の煮干の両目が見つめてた遠くの海のたくさんの水

さみしさは君の時計の文字盤の小指の爪のような小ささ

灰皿に指輪を預けうたたねという退屈な旅へとむかう

恋人の夢のほとりに触れぬようベッドの際に浅く腰掛け

遠く鳴る雷の音ききながら季節がわりのさみしさにいる

湯沸かしの温度のようにままならぬ君の機嫌を宥めすかして

使わなくなってしまった目覚ましの針の蛍光塗料がひかる

寝坊した朝は駅伝中継をロシア語のようぼんやり聴いて

WINTER SALE

火のようなカラーコーンに囲まれて工事現場は何の儀式か

眩しさにすこし戸惑う切れかけた蛍光灯を取りかえるとき

水道は水からお湯になるときに音がくぐもる　生きているのか

冬はまだこれからなのにWINTER SALEのビラの赤い文字たち

クリスマス・イヴは何の日　街じゅうのホテルの窓はあかりで埋まり

サイダーのキャップを取れば浮きあがるペットボトルの天使のリング

いつまでも隠れていたい七色のポール・スミスの縦縞のなか

真冬でも真夏とおなじ温度持つ熱帯魚屋の屋根にふる雪

モミの木がプラスチックでできている　すべて取り替え可能な街で

四月の音階

さくら咲く道をえらんで会いにゆく春のおわりはいつも早くて

凹凸を音へと変えてオルゴールは金色の指もつピアニスト

スプーンがカップの底に当たるときカプチーノにも音階がある

観客が咳きこむ場面かさねつつあと一周のビル・エヴァンスを

五線譜にはるかな星をみるように貴方は「ここが弾けない」と指す

うたたねの途中にまじる君が弾くとぎれとぎれのメロディなぞる

「アドリブが弾けないんだ」とジャズピアノ教室やめた不器用な君

あまたある花言葉にもない気持ち抱えてあゆむ春の舗道を

桜の多い街に住むひとだけだった　恋人はみな四月の季題

その五指としずむ鍵盤のかたちを君の好んだ楽譜にたどる

転調をくりかえしつつ生活は譜面に眠るまだ見ぬ音符

季節はじめのエンドロール

花びらが散りゆくさまを思いつつポストのなかに手紙を落とす

過ぎゆかぬ季節はなくてカフェオレの薄氷のごとき膜を飲み干す

春の日はやがてすべてを支配するたとえばマンションチラシの桜

草木にもつがいはあるか群生をはなれて揺れる一輪の花

橋脚にあたった水は思い出の燃え殻のよう花びらを溜め

川辺にも星座表にも来る春をはぐれて僕は凪を見ている

かなしみがうまれて遠ざかるまでを胸の奥へと魚が潜る

散りぎわがいちばん恋人らしかった僕らを残し日々はつづいて

キャラメル・ユニバース

キャラメルの香りと闇にひたされて映画館とは甘美な宇宙

ふたり連ればかりのシネマに空席は六等星のごとく散らばる

終幕後スタッフロールを観ずに去るような性格だったね君は

劇場の出口を背(せな)にいく街のひかりはフィルムの色を映して

あらすじを持たない夜の幕切れに目覚まし時計の針をあわせる

薫風のためのエチュード

銀色のニュービートルのフェンダーは初夏の木立をまるく宿して

蟬の鳴く高さをみればハンモックの紐のはじまるところへ至る

たわむれに素足を風に晒しては土曜のような木曜過ごす

縁側の麦わら帽のした蟬がいそうで置いておく　風のなか

藪蚊らは真夏の夜の吸血鬼　虫さされには爪で十字を

いくつもの秘密を満たしねむれない夏のよなかは青く膨らむ

夏の心臓

洗眼用蛇口の幅とぼくの目の幅が合わない気がする真昼

夏の道　知らない家のテレビから高校野球のサイレンが鳴る

ジャポニカの学習帳がひしめいてサファリパークのごとき教室

屋上に強い陽が射す夏の日の貯水タンクは空の心臓

あの人の腕のかたちは美しいラジオ体操第一のなか

夕立に囲まれ今日は夏季限定プール教室さぼって眠る

床板に頬を押し当て波音はすれどここから海は見えない

夏の夜のすべての重力受けとめて金魚すくいのポイが破れる

つり橋をゆっくり渡る八月がデイパックからこぼれないよう

ゆく夏をとらえるように立て掛けた虫取り網がふいに倒れる

記憶へとつながる駅があるならばここだと思う夏のバス停

あの夏のしるしのような明るさで市民プールの床の水色

あとがき

　中学生のとき、友人に連れられて、ある映画を観に行った。そのなかでは、日常から切り取った風景や人々の表情がいきいきと描かれていて、スクリーンを通して作者とその光景を分かち合っているということに、僕は衝撃を受けた。僕がその日、スクリーンの前で衝撃を受けたように、僕も日常のなかにある、さりげないけれど愛着を抱いてしまう風景や感情を誰かと分かち合いたいと思った。そこからは、自然と映画制作に夢中になっていった。

　大学生になって、書店で装画に惹かれて買った漫画を読んでいると、現代短歌がいくつか引用されていた。短い言葉なのに、そこに載っていた歌を読むと、あざやかな風景が映像のように頭のなかにひろがった。僕は、短歌であれば映画のように風景や感情を誰かと分かち合えるのではないかと思った。短歌を作るのは、カメラで世界を切り取るようだった。

　短歌を作り始めた大学時代は、朝方に寝て昼頃に起きるという昼夜が逆転したような生活を送っていた。僕が育った埼玉の郊外の町では、早朝には人通りがなくなる。僕は眠りにつく前の、そんな早朝の時間に近所の路地を散歩するのが好きだった。海外旅行の道中の夜間飛行で、寝られずにずっと起きていたことがある。明かりの消された飛行機の客室では、ほかの乗客はみな寝静まっていて、まるで世界に僕だけしかいないような感覚に包まれた。日常と地続きのはずなのに、違う世界にいるような不思議な感覚。早朝の散歩は、それに似ていると思った。日常の風景から人影や物音が消えるだけで、いつも目にしている道路の標識や電柱が特別なものに見えた。歌は、そんな瞬間によく生まれた。日常の風景が強い存在感を帯びる一瞬。短歌を作り始めてから、僕は日常のなかに、夜間飛行のときのような、そんな一瞬を探しつづけてきたような気がする。だから、僕は初めての歌集に『ナイトフライト』というタイトルを付けた。僕は、これからも夜間飛行のときに触れたような一瞬を求めて、短歌を作っていきたいと思う。

今回、装画を永井博さんに描き下ろしでお願いしました。永井さんは、日本のポップミュージックの名盤である大瀧詠一『A LONG VACATION』のジャケットのアートワーク等、数々のイラストレーションで知られていますが、僕は幼い頃から永井さんのイラストレーションの洗練されたタッチに惹かれてきました。また、帯文をKIRINJIの堀込高樹さんにお願いしました。僕が十代の頃、KIRINJIがキリンジとして活動していたときから、僕の人生のさまざまな場面には、いつもKIRINJIの音楽がありました。音楽が生活に欠かせない僕にとって、装画と帯文を日本のポップミュージックシーンを作ってきたお二人にお願いできたことは、このうえない幸運です。この歌集も、ポップミュージックのように、たくさんの人の生活のそばに置いてもらえることを願っています。

この歌集の刊行にあたり、まず、田島安江さん、黒木留実さん等、書肆侃侃房のみなさんに感謝します。また、いつもお世話になっている歌人集団「かばん」のみなさんをはじめとする短歌を通して出会った方々、ミュージシャンや小説家として活躍する友人たち、そして、この本の読者の方々に感謝します。

二〇一七年十一月

オリオン座が浮かぶ郊外の町で　　伊波真人

■著者略歴

伊波 真人（いなみ・まさと）

1984年、群馬県高崎市生まれ。埼玉県さいたま市在住。
早稲田大学卒。大学在学中に短歌の創作を始める。
2013年、「冬の星図」により第59回角川短歌賞受賞。
「早稲田短歌会」を経て、歌人集団「かばん」会員。

URL : http://inamimasato.com
Twitter : @inamimasato
E-mail : inami_masato@yahoo.co.jp

「現代歌人シリーズ」ホームページ　http://www.shintanka.com/gendai

現代歌人シリーズ19

ナイトフライト

二〇一七年十二月二十四日　第一刷発行
二〇二一年六月二十五日　第三刷発行

著　者　伊波 真人
発行者　田島 安江
発行所　株式会社 書肆侃侃房（しょしかんかんぼう）
〒八一〇・〇〇四一
福岡市中央区大名二・八・十八・五〇一
TEL：〇九二・七三五・二八〇二
FAX：〇九二・七三五・二七九二
http://www.kankanbou.com　info@kankanbou.com

DTP　黒木 留実（書肆侃侃房）
印刷・製本　アロー印刷株式会社

ISBN978-4-86385-293-8　C0092

現代歌人シリーズ

現代歌人シリーズ　四六判変形／並製

1. **海、悲歌、夏の雫など**　千葉 聡　144ページ／本体 1,900 円+税
2. **耳ふたひら**　松村由利子　160ページ／本体 2,000 円+税
3. **念力ろまん**　笹 公人　176ページ／本体 2,100 円+税
4. **モーヴ色のあめふる**　佐藤弓生　160ページ／本体 2,000 円+税
5. **ビットとデシベル**　フラワーしげる　176ページ／本体 2,100 円+税
6. **暮れてゆくバッハ**　岡井 隆　176ページ（カラー16ページ）／本体 2,200 円+税
7. **光のひび**　駒田晶子　144ページ／本体 1,900 円+税
8. **昼の夢の終わり**　江戸 雪　160ページ／本体 2,000 円+税
9. **忘却のための試論** Un essai pour l'oubli　吉田隼人　144ページ／本体 1,900 円+税
10. **かわいい海とかわいくない海 end.**　瀬戸夏子　144ページ／本体 1,900 円+税
11. **雨る**　渡辺松男　176ページ／本体 2,100 円+税
12. **きみを嫌いな奴はクズだよ**　木下龍也　144ページ／本体 1,900 円+税
13. **山椒魚が飛んだ日**　光森裕樹　144ページ／本体 1,900 円+税
14. **世界の終わり／始まり**　倉阪鬼一郎　144ページ／本体 1,900 円+税
15. **恋人不死身説**　谷川電話　144ページ／本体 1,900 円+税
16. **白猫倶楽部**　紀野 恵　144ページ／本体 2,000 円+税
17. **眠れる海**　野口あや子　168ページ／本体 2,200 円+税
18. **去年マリエンバートで**　林 和清　144ページ／本体 1,900 円+税
19. **ナイトフライト**　伊波真人　144ページ／本体 1,900 円+税
20. **はーはー姫が彼女の王子たちに出逢うまで**　雪舟えま　160ページ／本体 2,000 円+税
21. **Confusion**　加藤治郎　144ページ／本体 1,800 円+税
22. **カミーユ**　大森静佳　144ページ／本体 2,000 円+税
23. **としごのおやこ**　今橋 愛　176ページ／本体 2,100 円+税
24. **遠くの敵や硝子を**　服部真里子　176ページ／本体 2,100 円+税
25. **世界樹の素描**　吉岡太朗　144ページ／本体 1,900 円+税
26. **石蓮花**　吉川宏志　144ページ／本体 2,000 円+税
27. **たやすみなさい**　岡野大嗣　144ページ／本体 2,000 円+税
28. **禽眼圖**　楠誓英　160ページ／本体 2,000 円+税
29. **リリカル・アンドロイド**　荻原裕幸　144ページ／本体 2,000 円+税
30. **自由**　大口玲子　168ページ／本体 2,400 円+税
31. **ひかりの針がうたふ**　黒瀬珂瀾　144ページ／本体 2,000 円+税
32. **バックヤード**　魚村晋太郎　176ページ／本体 2,200 円+税

以下続刊